せんねん町《ちょう》の 地《ち》図《ず》
こどもの城《しろ》
アイスクリーム
ドーナツ
スーパーまいど
クリーニング
つりぼり
まんねん
小学校《しょうがっこう》
公園《こうえん》
かっぱおんせん
ペットショップ
自転車屋《じてんしゃや》

ここは、せんねん町《ちょう》の、まんねん小学校。
どこにでもある小学校だと思《おも》うでしょ。
でも、ちょっとちがうんですよね。
とくに、日曜日《にちようび》は……。

給食室の日曜日

ゆれるバレンタインデー

村上しいこ 作
田中六大 絵

講談社

しょうゆが、給食室《きゅうしょくしつ》のみんなに、
でんごんゲームをしようといいだしました。
さいしょに、しょうゆが、ぶんしょうを作《つく》ります。
それを、ひとりずつじゅんに、つたえていくのです。
さいごに、どうつたわったか。
それは、あとのお楽《たの》しみ——。

まず、しょうゆが、
ケチャップにいいました。
もちろん、耳もとで、ひそひそと。
「きょう、朝《あさ》ごはんを食《た》べてたら、
レモンを持《も》ってきた、のりやまさんが、
なっとうがきらいだからって、ないてた。」
「はあ？　意味《いみ》がわからんのやけど。」
ケチャップが、あきれた顔《かお》で、しょうゆを見ます。
「これでいいねん。こういうのは、意味《いみ》がわからんほうが、
つたわりにくくて、おもしろくなるねん。」
しょうゆは、いたずらっぽく、わらいました。

「わかった。」
つぎです。
ケチャップは、
フライパンのそばへ、いきました。

「えっとな、あれ、なんやったっけ。
きょう、朝《あさ》ごはん食《た》べてたら、
のりとレモンがきらいやから、
なっとうかけて、ないた……
なんか、ちがうなぁ。」

ケチャップが、首《くび》をかしげても、
でんごんゲームは、つづきます。

でんごんをきいた、
フライパンから、ほうちょうへ。
「朝《あさ》はやっぱり、なっとうがいいけど、
のりがないと、なきたくなる。
あ、レモンは、かけんほうがいいで。」
だいぶ、くずれてきました。

そして、
ほうちょうが、しゃもじばあさんに、耳うちします。
だけど、しゃもじばあさんは、耳がきこえにくいのか、
「はあ？」「なんやて？」と、ききかえします。

そして、しゃもじばあさんから、おなべに。
さいごは、まな板《いた》へと、つたわりました。
「さあ、まな板《いた》。発表《はっぴょう》して。」
ほうちょうが、うきうきした声《こえ》で、いいました。
「うん。なっとうは、体《からだ》にいいけど、
どっちかいうたら、朝《あさ》はシャケがすき。」
はじめに、しょうゆがいったのとは、
ぜんぜんちがいます。

「シャケって、いうたん、だれ？」

「わたしや。」

しゃもじばあさんが、手を上げました。

「きっとみんな、自分《じぶん》がすきな言葉《ことば》が、
頭《あたま》の中に、うかぶんやろな。」

しょうゆが、れいせいに、ぶんせきします。

「人につたえるって、むつかしいな。」

まな板《いた》が、ほんわか、わらっていいました。

「あれっ？
そういえば、おたまちゃんが、おらへん。
どこへ、いったんやろ。」
まな板《いた》が、給食室《きゅうしょくしつ》を、見まわしました。
「ほんまや、あんなにうるさいのが、おらんかったら、
気がつきそうなもんやけど。」
ほうちょうが、じょうだんっぽくいいました。

そのときです。

「あんな子、おらんほうが、いいわ。」

ケチャップが、いいました。

その声《こえ》は、とても小さくて、
だれにもきこえていませんでした。

「わたし、さがしてくる。」

おなべが、ろうかへいきかけると、しょうゆがとめました。

「ほっといても、いいのとちがうかなぁ……。」

「なんで？」

「いや、その、ひとりになりたいときも、あるんとちゃうかなって。」

「わたしは、そうは思《おも》わんけど。」

おなべは、給食室《きゅうしょくしつ》から、出ていきます。

「いや、ちょっと、まずい。」
しょうゆが、なにやら、
ぶつぶついいながら、
おいかけました。
おなべが、
ろうかをペタペタ
歩《ある》いていくと、
家庭科室《かていかしつ》のドアが、
すこし開《あ》いていました。
おやっと思《おも》って、
のぞきます。

ガサゴソ……ガサゴソ。

もの音がします。

おなべが、しょうゆを見ました。

「きっと、どろぼうや！」

「いや、ちがうって。」

「なんで、そう、いえるの。」

「まあ、それは。」

しょうゆは、口ごもりました。

と、いきなりおなべが、

「こらあー！　どろぼうー！」

と、さけびながら、家《か》庭《てい》科《か》室《しつ》に、とつにゅう。

とたんに、「ひゃー。」と、
弱々《よわよわ》しく、ひめいがあがりました。
「ちょっと、あんた、なにしてんの？」
料理《りょうり》のざいりょうがしまってある
たなのあたりから、
なんとおたまが、
はって、出てきました。
「ちょ、ちょっと、おたまちゃん。」
「なんや、おなべちゃんか。」
おたまが、わらいかけました。
「なんやや、ないよ。それ、なに。」

おなべは、きびしい目を
おたまの手にむけていました。
おたまが、持《も》っていたのは、
板《いた》になったチョコレート。
「いや、これは……。」
「それって、子どもたちが、
ここで作《つく》る、おかしのざいりょうやろ。」
「それは、その……。」
「わかった。ろうかに落《お》ちてて、
おたまちゃんが、それをしまいにきたんやよ。
そうに決《き》まってるって、おなべちゃん。」

「なにいってんの、
しょうゆ。
そんなわけ、ないやろ。」
おなべは、
なっとくしません。
「ごめん。
ちょっとだけ、
わけてもらおうと
思《おも》って。」
おたまが、
正直《しょうじき》にいいました。

「ほら、
やっぱりどろぼうや。」
「そこまでいわんかて。」
いつもは、
のんびり話《はな》すおなべが、
きょうは、とても強気《つよき》。
「話《はなし》はわたしがきくから、
しょうゆは、
ろうかでまってて。」
おなべにおしだされ、
しょうゆは出ていきました。

おなべと、おたまは、家庭科室《かていかしつ》で、ふたりきりです。

おたまは、さっき持《も》っていたチョコレートを、たなにかたづけました。

そのせなかに、おなべが話《はな》しかけます。

「もしかして、すきな人が、できたん？」

「えっ……。どうして。」

「だって、もうすぐ、バレンタインデーやし。さっき、チョコレート持《も》ってたし。みんなにないしょで、こそこそしてたし。」

「あの、それは……。」

「そしたらもう、
それしかないやん。
うっしっし。」
おなべは、うれしそうです。
目じりがさがって、
オタマジャクシみたいに
なっています。
「だれにも、いわんといてな。」
おたまが、おがむように、
手を合《あ》わせました。
「それはむり！」

「ええっ、どうして。」

「チョコレートをさがしていたのは、だまっておくけど。おたまちゃんが、すきな人に、自分《じぶん》の気持《きも》ちをつたえようとしてる。これはみんなで、協力《きょうりょく》するべきや。」

「そ、そうかなぁ……まいったなぁ。」

おたまが、頭《あたま》をかきます。

「そうやよ。だって、わたしたち、自由《じゆう》になれるのは、日曜日《にちようび》だけ。しかも、おこづかいもなければ、使《つか》えるお金もない。そしたら、みんなで、力を合《あ》わせるしかないやろ。」

ここまで強《つよ》くいわれると、おたまも、

「ありがとう。」と、いうしかありませんでした。

おなべは、ろうかに出ると、さっそくしょうゆに、話《はな》しました。

するとしょうゆは、なぜかおどろいた顔《かお》で、おたまを見ました。

「それって、ばらしてしまって、よかったんか？」

「よくないかも。」

しょうゆと、おたまのあいだに、なにかあるみたいです。

おなべは、気にもとめず、おたまにききました。

「せや、おたまちゃん、すきなあいてって、だれやのん？

もしかして、給食室《きゅうしょくしつ》の、だれかかな。」

おなべがそわそわして、体《からだ》をゆらしました。
「いやあ、まいったな。」
おたまが、言葉《ことば》につまると、おなべがいいます。
「だって、教《おし》えてもらわんと。
せっかくみんなで、手つだうのやから。」
どうしても、いわなければ、いけないいかんじです。

「じつは、こうばんの、おまわりさん。

せんねん町《ちょう》のおまつりのとき、きてくれた。」

「ああ、わたしらもさんかして、ぶたじるを作《つく》った。」

「うん。あのとき、おまわりさんも、食《た》べにきてくれてた。」

「へえ、ひとめぼれなんや。よっしゃ、わたしが、うまくいうから。」

おなべの顔《かお》が、やる気でみなぎっています。

給食室《きゅうしょくしつ》にもどり、おなべが、わけを話《はな》します。
とたんに、ケチャップいがいのみんなは、
「すごいやん。」「めでたいやん。」と、
たんじょうびがきたように、
よろこびました。
ところが、それでは、
どうしようかとなると、
みんな、口をとざして
しまいました。
家庭科室《かていかしつ》から、
おかしを作《つく》る

ざいりょうを持《も》ち出《だ》すのは、
もちろんよくないことです。
かといって、
給食室《きゅうしょくしつ》にあるものといえば、
てんぷらあぶらや、
こむぎこや、
しょうゆ、おこめ。
さとうは、
たしかにあまいけど、
こいする気持《きも》ちが、
つたわるとは思《おも》えません。

そのときでした。

「せや、あの人に、そうだんしてみよか。」

しゃもじばあさんが、いいました。

「あの人って、だれ？」

まな板《いた》がききます。

みんなのむねが、きたいで、ふくらみます。

「でるねん寺《でら》の、おしょうさんや。

わたしが、小さいときからの、つきあいなんや。」

「小さいときって、どれくらい？」

フライパンがききます。

「わたしが、まだ、耳かきやったときや。」

「ええっ。耳かきが大きくなると、しゃもじになるんか。」
「おいおい、じょうだんに決《き》まってるやろ。
ほんま、フライパンは、頭《あたま》がかたいな。」
ほうちょうが、わらいます。
「とにかく、みんなでいってみよ。
おしょうさんなら、なにかいいちえ、かしてくれる。」
まな板《いた》が、声《こえ》をかけます。

給食室《きゅうしょくしつ》のみんなは、
さっそく、
でるねん寺《でら》へ、
出かけることに
なりました。
ふたりずつ、
ならんで歩《ある》きます。
いちばん前《まえ》には、
しゃもじばあさんとおたま。
楽《たの》しそうに、
話《はな》しています。

そのつぎに、
まな板《いた》とほうちょう。
そのあとを、
フライパンとしょうゆ。
いちばんうしろを、
おなべと……おや？
ケチャップが、
みんなから、
おくれています。
いそごうとも
していません。

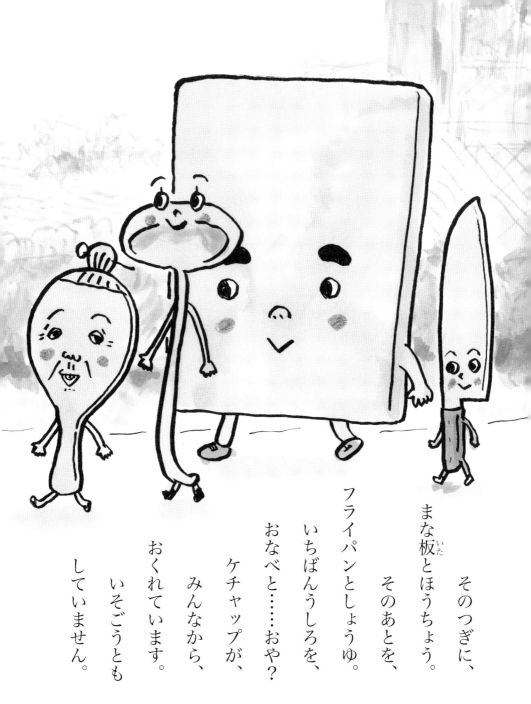

おなべが気がついて、すぐに、そばへいきました。

しょうゆもついてきます。

「どうしたん、ケチャップ。なんか、元気《げんき》ないよ。

おなかでもいたいの？」

おなべがたずねました。

「ううん。ちがう。」

「じゃあ、なに？」

「わたし、おたまちゃんに、協力《きょうりょく》したくない。

できたら、帰《かえ》りたい。」

「ちょ、ちょっと。なにゆーてんの。」

おなべは、おどろいて、

ケチャップの顔《かお》をのぞきこみました。

ケチャップは、うつむいたまま、
立ちどまってしまいました。

「どうして、そんなこと、いうの?」

「だってこの前《まえ》、いっしょに遊《あそ》ぼうって、
やくそくしてたのに、しょうゆは
おたまちゃんと、どっかへいってしまったんや。

なあ、そうやろ。」

「いや、あの、それは……。」

しょうゆが、しどろもどろになります。

「そんなことが、あったんや。」

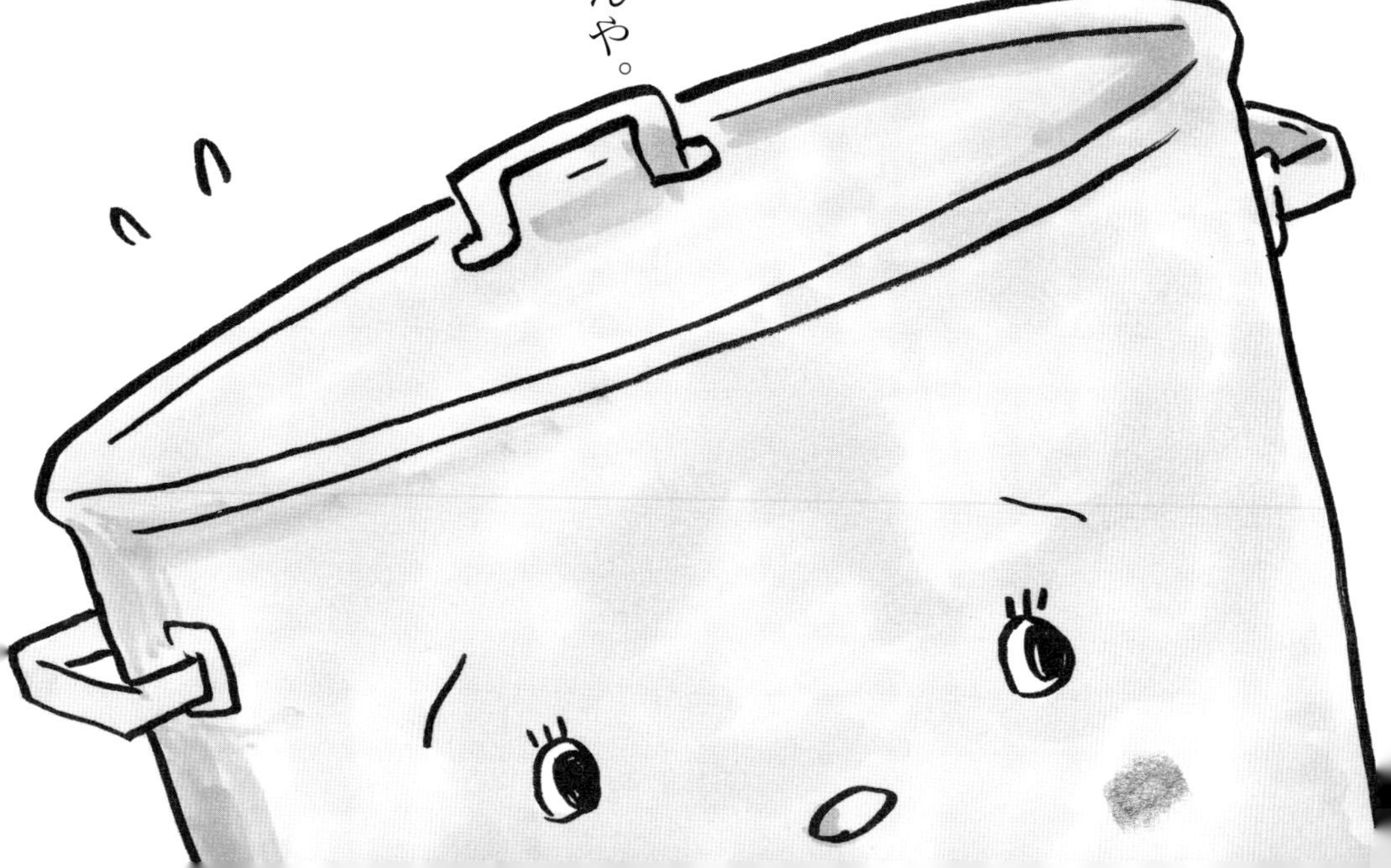

「それだけじゃない。」
「えっ？」
「さっき、おたまちゃん、
おまわりさんがすきって、
いうたやろ。」
「うん。」
「じつは、わたしも、
そのおまわりさんが、すきなん。
しかも、おたまちゃん、
それを知《し》ってるはず。」
「ほんまに？」

「だって、おまつりのとき、わたし、おたまちゃんにいったもん。あのおまわりさん、かっこいいなって。」

「じゃあ、それって。」

おなべは、いきをのみこみました。

おたまとケチャップが、同《おな》じ人を、すきになってしまったようです。

しょうゆは、まずいことをきいてしまったと思《おも》い、すっと、ふたりからはなれました。

どうしよう。

おなべは、しんぞうが、ドキドキしてきました。

「わかった。」

おなべの口が、かってに動《うご》いていました。

「わたしが、おたまちゃんに、
ちゃんとケチャップの気持《きも》ちをつたえるから。」

「…………」

「それなら、いいやろ。

せやから、そんな顔《かお》せんと、
みんなといっしょにいこ。」

「うん。」

ケチャップは、もういちど、歩《ある》きはじめました。

ここで、ひとりぼっちになってしまうのも、いやでした。

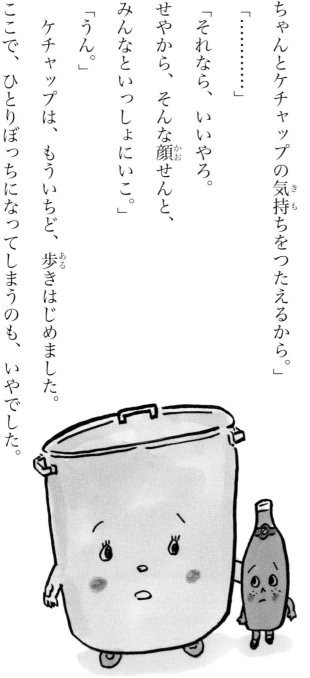

まんねん小学校の北《きた》がわの、
広《ひろ》い道《みち》を歩《ある》いていくと、
かいだんがありました。
このかいだんをあがっていくと、
でるねん寺《でら》です。
百だんくらいあって、
給食室《きゅうしょくしつ》のみんなは、
ぜいぜいはあはあいいながら、
のぼりました。

「ほんまにおしょうさん、いいちえを、かしてくれるんやろな。」
ほうちょうが、しゃもじばあさんにききます。
しゃもじばあさんは、かいだんをのぼるだけで、せいいっぱいで、
ほうちょうのしつもんに、こたえられません。
やっとのことで、上までたどりつきました。
ふりかえると、せんねん町《ちょう》が、ひと目で見わたせます。

「ひゃあ、すてきやわあ。」

おたまや、しょうゆが感心《かんしん》していると、

「おお、しゃもじばあさんやないか。」

と、よぶ声《こえ》がしました。

おしょうさんが、こっちへむかって、
歩《ある》いてきます。

「よう、きてくれたな。」

おしょうさんが、
しゃもじばあさんを
だきあげました。

「それにしても、

年をとったな。」

「おたがいさまでしょ。」

ほんとうに、
なかがよさそうです。

「こちらのみなさんは？」

おしょうさんが、みんなを見ました。

「給食室《きゅうしょくしつ》の、なかまなんや。

じつは、おしょうさんに、そうだんがあってきたんや。」

しゃもじばあさんがいうと、

「そう。わるぢえを、かしてもらおうと思《おも》って。」

しょうゆが、じょうだんをいいます。

「こら。
いうていいじょうだんと、
わるいじょうだんがあるやろ。」
フライパンが、しかりました。
「はっ、はっ、はっ。かまわんよ。」
「けどほんま、おしょうさん、
なにかいいちえをかしてください。」
まな板《いた》が、ていねいに頭《あたま》をさげました。
「まかしとき。でるねん寺《でら》だけに、
なんぼでも、アイデアは、でるねんでらぁ。あ、あはは。」
おしょうさんは、じょうだんがすきみたい。

「とにかく、こっちへおいで。」
ほんどうの横《よこ》に、おしょうさんがすんでいる、家《いえ》がありました。
そして、給食室《きゅうしょくしつ》のみんなは、広《ひろ》い、たたみのへやにとおされました。
ストーブがあって、中はあったかでした。
みんなは、おしょうさんをかこんで、すわります。
「さて、そうだんというのは、なんやろ？」
「じつは、ここにいるおたまちゃんが、
すきな人に、チョコレートをあげたいんやけど、
かんじんのお金がないから、
こまってるんや。」
しゃもじばあさんがいいます。

「ほら、もうすぐ、バレンタインデーでしょ。」

おなべが、ほっぺを赤くして、つけたします。

「そら、ちょうどよかった。きょうは、みんなで、手作《てづく》りチョコを作《つく》るよていなんや。いっしょに、さんかしたらどうや。」

おしょうさんが、ほっこりわらいました。

「それって、ただでいいの？」

しょうゆが、あっけらかんとききます。

するとおしょうさんが、ケチャップを見て、にやっとわらいました。

「ケチャップさん、ちょっとたのみを、きいてくれるかな？」

「たのみ？」

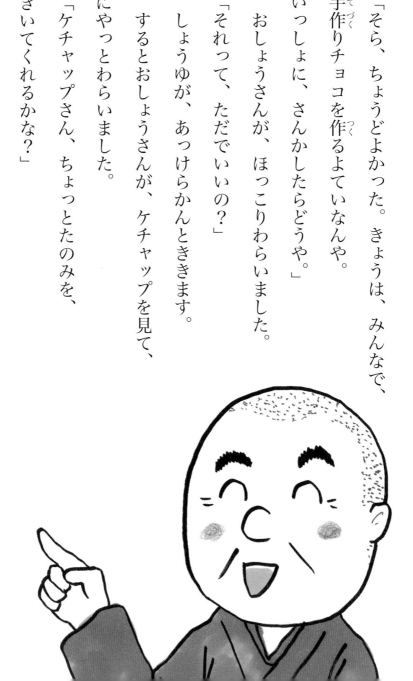

「今《いま》、台所《だいどころ》で、うちのおくさんが、
オムライスを作《つく》ろうとしてたんや。
ところが、ケチャップがきれてて、
買《か》いにいかなアカンとこやったたんや。」
「それで、外《そと》へ出てきたんや。」
ほうちょうが、うなずきました。
「せやから、むこうで、
つつーって、わけてもらえんやろか。
そしたら、ただにする。」
「わたしが……。」
ケチャップが、すっと、おしょうさんから、目をそらしました。

「わたしが、
おたまちゃんのために……。
わたし、チョコレート、
なくて、いいし。」
ケチャップは立ちあがると、
すたすた、
へやから出ていってしまいました。
「あれっ、どうしたんや？
なにかあったんか、おなべちゃん。」

まな板《いた》が、ききました。

「いや、どうしたのかなぁ……。」

おなべは、とぼけました。

りゆうは、わかっています。

ふにゃふにゃいいながら、

ケチャップをおいかけました。

するとおなべのあとを、

おたまもおいかけました。

と、そこへ、おくさんが入ってきました。

「ちょっとあんた！　ケチャップは、まだかいな。」

おこっています。

「すまん、今《いま》いく。」

おしょうさんは、あせって、へやを出ていってしまいました。

「どうなってんの？」

フライパンが、みんなをぐるり、見まわしました。

「しょうゆは、なにか知《し》ってるやろ。」

ほうちょうが、するどい目で、にらみました。

「せや、しょうゆとおなべちゃんが、おたまちゃんをつれてもどってきてから、ケチャップのようすが、おかしくなった。」

まな板《いた》は、れいせいに、見ています。

「知《し》ってるんやろ。」

フライパンが、せまります。

「いや、あの……。」

しょうゆのひたいから、あせが、たらーり。

でも、ちょっとだけ、自分《じぶん》が注目《ちゅうもく》されて、
うれしくなってきました。

ほんとうのことを知《し》っているのは、自分《じぶん》だけ。

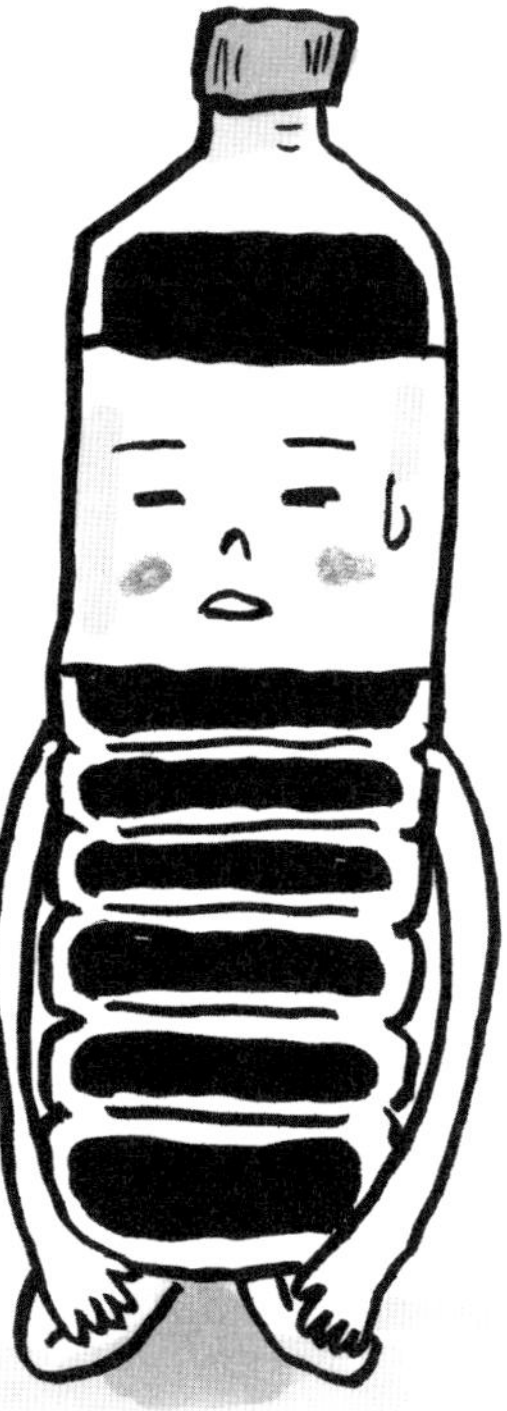

「じつは、　おたまちゃんと、　ケチャップが、
同《おな》じ人をすきになってしまったんや。」

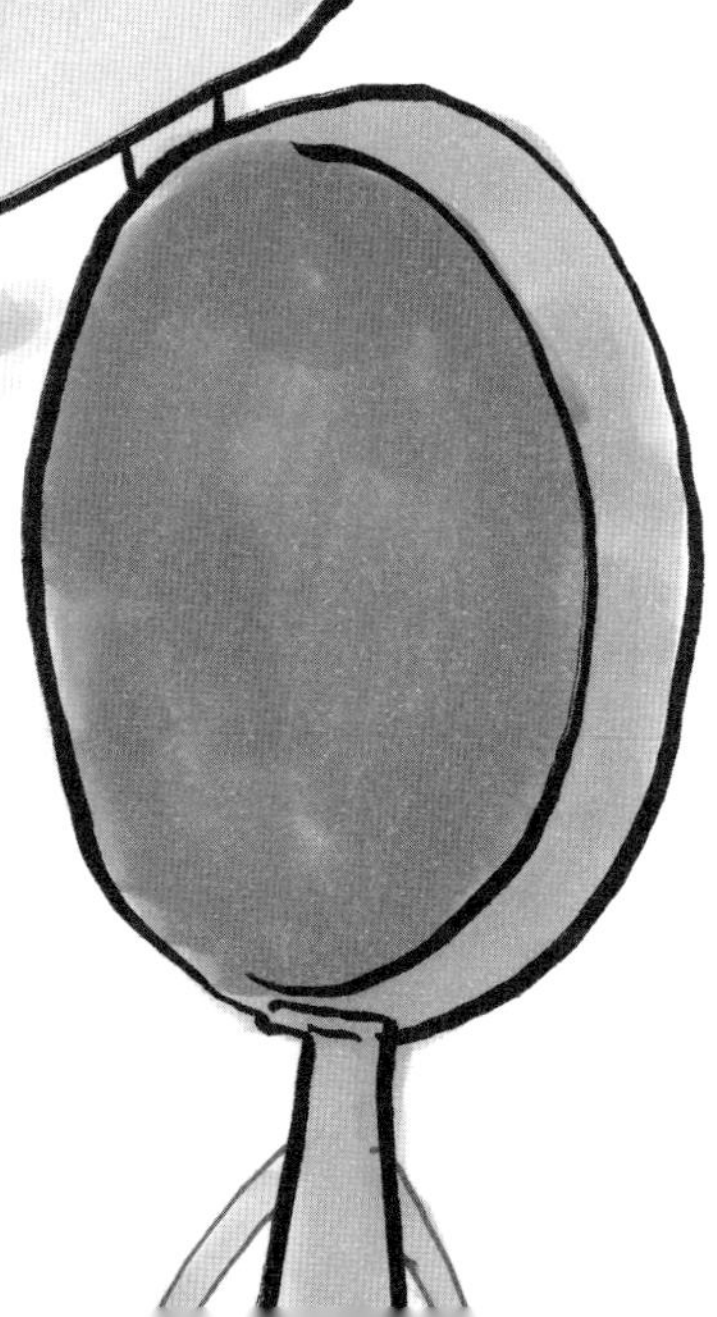

「ええっ！」

みんな、とびあがって、おどろきました。

しょうゆは、そのすがたを見て、またまた、うれしくなりました。

「せやねん。それで、とんでもないことに、なってしまって。」

「とんでもないことって？」

「それがな、おたまちゃんとケチャップが、
つかみあいのけんかになって、
ケチャップのキャップは、
はずれるし、なかみがとびちるし。
おたまちゃんの首《くび》は、ねじれてしまうし。
おなべちゃんが、やっととめたんや。」
しょうゆは、またまたうれしくなって、
あることないことしゃべります。

「まずいな……。」

フライパンが、外《そと》を見ました。

「とめにいかないと、たいへんなことになるぞ。」

ほうちょうが、へやから出ていくと、
ほかのみんなもあとをおいました。

ところが、けいだいには、だれもいませんでした。

「どこへいったんや。うらかな?」

まな板《いた》は、なんだか、
いやなよかんがしてきました。

ほんどうのうらも、さがします。

ぐるぐる、お寺《てら》のあちこちをさがしても、

どこにもいません。

「しゃもじばあさん、どうしよう。」

みんなは、かいだんのそばで、
しゃもじばあさんをかこみました。

「もしかしたら、もう、どこかで
けっとうとか、してるかも。」

フライパンが、へんなことをいいだしました。

「どこかって、どこや。」

ほうちょうの声《こえ》が、いらだっています。

「それは……。」

みんなが、せんねん町《ちょう》を見おろしました。

と、そのとき、かいだんを、
おまわりさんがふたり、あがってくるのが見えました。
男のおまわりさんと、女のおまわりさんです。
「せや、おまわりさんに、そうだんしてみよ。」
しゃもじばあさんが、いいます。
みんなは、ほんどうの前《まえ》で、
おまわりさんをまちました。
「あの、そのへんで、
おたまちゃんとケチャップが、
けんかしてませんでしたか？」
しょうゆが、声《こえ》をかけます。

「けんか？」

「そう、大げんかしててんねん。」

まな板《いた》がいいます。

「けっとうするって、

いってたんやろ。

な、しょうゆ。」

ほうちょうにいわれ、

しょうゆはあわてて、

手をふります。

「それは、
ぼくいってない。
まな板《いた》やて。」
「えっ、おれ、
そんなこというた？」
「いうたよ。
なあ、しゃもじばあさん。」
「だれが、
いうたのやったかなあ。」

「ちょっと、きみたち。」

女のおまわりさんが、とめました。

「なんの話《はなし》をしてるのか、わからないんだけど。

ちゃんと、つたわるように、話《はなし》をして。」

ほうちょうが、まとめて、おまわりさんに話《はな》しました。
「給食室《きゅうしょくしつ》の、おたまちゃんとケチャップが、
おまわりさんのことをすきになって、
とりあいして、けんかしてるんです。」
「えっ、ぼくのこと？」
男のおまわりさんは、おどろいた顔《かお》になりました。

「そして、おなべちゃんが、あいだに入ろうとしたんやけど、うまくいかなくて、三人で、どこかへいってしまったんです。」

「それで、けっとうは？」

女のおまわりさんが、じっと、ほうちょうを見ました。

「それは、しょうゆが。」

「だから、ぼくじゃないって。」

「だれでもいいんだけど……。」

じゃあ、けっとうは、そうぞうで、いったってことね。」

「まあ、そういうことです。」

しょうゆと、フライパンが、しなびたえのきみたいに、頭《あたま》をしゅんとたれました。

「あれっ？」

ふいに、しょうゆが、顔《かお》をあげます。

「なんかへん……。」

「どないしたんや。」

まな板《いた》が、顔《かお》をのぞきこみます。

「この前《まえ》、おたまちゃんから、
そうだんをうけたんやけど。」

「なんて？」

「おたまちゃんは、ケチャップのために、
手作《てづく》りチョコレートを作《つく》りたいっていうて。
だから、けんかになるはずないのやけど。」
「じゃあ、どうしてけんかになったの？」
女のおまわりさんが、ききます。
だれも、こたえられません。

そのときでした。

「あっ、はっははは。」

と、わらい声《ごえ》がきこえてきました。

「今《いま》の、おたまちゃんやな。」

「ほんどうの中や。」

ほうちょうとまな板《いた》が、顔《かお》を見合《みあ》わせました。

みんなも、ほんどうのほうを見ます。

「きゃっ、はっはははは。」

「こんどは、ケチャップやな。」

しゃもじばあさんがいうと、みんなが、うなずきました。

男のおまわりさんが、そっと近《ちか》づきます。

コンコンと、ノックしました。

「どなた？　開《あ》いてるよ。」

のんびりとした、おなべの声《こえ》です。

おまわりさんが、ギギーッと、
ほんどうのとびらを開《あ》けると、
三人が、きょとんとした顔《かお》で、
みんなを見ていました。

「ちょっと、これは、どういうこと？
みんな、心配《しんぱい》してたのに。」
ほうちょうが、きつくいいます。
「ほんまや。
おたまちゃんとケチャップが、
けっとうするっていうし。」
まな板《いた》が、そのうしろで、
うでをくんでいいます。

「えっ？　けっとうとか、
意味《いみ》わからんけど。
そんなこと、だれがいうたん？」
おなべがいうと、みんなが、
しょうゆをにらみました。
「だから、ぼくじゃないって。
おまわりさん、たすけてえー。」
しょうゆは、おまわりさんの、
かげにかくれました。

「いや、ぼくにいわれても……。

でも、けんかしてないようで、あんしんしました。」

「まあ、しょうゆがいってることは、ぜんぶがまちがいやないけどな。おたまちゃんとケチャップが、へんなかんじになったのは、ほんとうのことやけどな。」

おなべが、ちょっぴり、しょうゆをかばいます。

「ごめん。それはたぶん、わたしのせいやと思《おも》う。」

そういったのは、おたまでした。すると、

「そんなことない。わたしがすねたりしたから、おかしなことになったんや。」

おたまとケチャップが、けんかどころか、かばいあいます。

「わたしには、なにがなんやら、わけわからんのやけど。」
しゃもじばあさんが、入《い》れ歯《ば》を飛《と》ばしそうないきおいでいいます。
「せやからわたしは、こっそりと、
ケチャップがおまわりさんにわたすための、
チョコレートを作《つく》ってあげて、おどろかそうと思《おも》ってたんや。」
おたまがいいました。

そして、しょうゆが、おたまのとなりに立つと、いいました。
「だから、ぼくが、みんなの注意《ちゅうい》をそらして、時間《じかん》かせぎをするために
でんごんゲームをやろうって、いいだしたんや。」
「なるほど。それでおたまちゃんが、給食室《きゅうしょくしつ》にいなかったのに、
知《し》らん顔《かお》ではじめたんや。」
まな板《いた》は、なっとくしました。

「じゃあ、おたまちゃんとしょうゆは、
はじめから、そういうさくせんを立ててたんや。」
フライパンがうなずきます。
「そうなんやけど、それがげんいんで、
ケチャップをおこらせてしまった。
わたしが、しょうゆとそうだんしたとき、
先にケチャップは、
しょうゆと遊《あそ》ぶやくそくをしてたみたい。」
おたまが、せつめいします。
するとおなべが、
「ふーん。」と、うなりました。

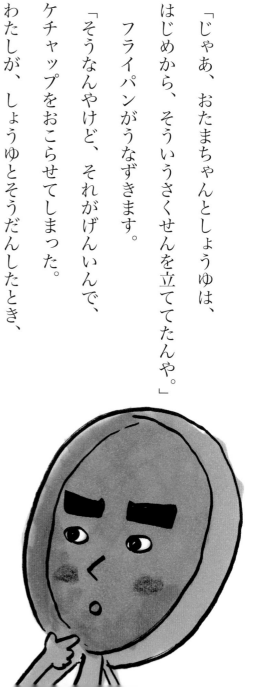

「みんな、だれかのことを、
思《おも》いやりながらやってたのに、
けんかになってしまうことが、
あるんやな。」
「それはきっと、
つたえておかなアカンことを、
つたえてなかったからやろ。」
ほうちょうがいうと、
まな板《いた》が、
「じゃあ、どうしたらよかったんかな?」
と、ほうちょうにききました。

「せやから、おたまちゃんが、まずケチャップにいうべきやったな。チョコレートのこと。」
おたまも、自分《じぶん》からいいます。
「わたしが、家庭科室《かていかしつ》で、
おなべちゃんに見つかったとき、
正直《しょうじき》に、いうたらよかった。
ただ、そんなこというたら、
ケチャップは、ひっこみじあんやから、
『わたしはいい。』とかいって、
おまわりさんをすきやって気持《きも》ち、
つたえられないままになって

しまうかもって、思《おも》ったんや。」
「あ、いうてもた。」
しょうゆが、つぶやきました。
ケチャップの顔《かお》が、いつもよりもっと、
赤くなってしまいました。
おまわりさんも、
どうしたものか、こまっています。
「わたし、オムライス作《づく》り、
手つだってくる。」
ケチャップは、ほんどうを、
飛《と》びだしていきました。

さて、おしょうさんも、帰《かえ》ってきて、
手作《てづく》りチョコレートを、みんなで作《つく》ることになりました。
教《おし》えてくれるのは、おしょうさんのおくさんです。
ふたりのおまわりさんもいっしょです。

チョコレートができて、
さあ、ケチャップが、おまわりさんにわたします。

あれっ？

ところが、ケチャップがチョコレートを
持《も》っていったのは、女のおまわりさんでした。
「男の人じゃなかったんや……。」
おたまちゃんも、そこまでは知《し》らなかったようです。

「わたしも、おねえさんみたいになりたい。」
ケチャップがチョコレートをわたすと、
「ありがとう。」と、うけとってくれました。
そしてみんなも、
それぞれ作《つく》ったチョコレートを、
こうかんして食《た》べました。

きっと、あしたの朝《あさ》、給食室《きゅうしょくしつ》は、
チョコレートのあまいかおりが
していることでしょう。

人につたえるって、むつかしいな。
ごかいされてしまうし。
人から人に、つたわっていくあいだに、かわってしまうし。
でも、おもしろいやろ。でんごんゲーム。

それに、けっとうしてるとか、ないこというやつもいてるし。
だから、それ、ぼくじゃないって。
じゃあだれがいったか、もういちど、読《よ》んでみよか。
せやな。

村上しいこ●作

三重県生まれ。

『うたうとは小さないのちひろいあげ』で第53回野間児童文芸賞受賞。近著に『たべもののおはなし エビフライ にげたエビフライ』（さとうめぐみ・絵）、『じてんしゃのほねやすみ』（長谷川義史・絵）など。

「むかし手作りチョコレートを作りました。かえってきたへんじは、『こんなかたいチョコレート、一生わすれられへんやろ。』でした。気持ちもだいじやけど、きおくもだいじ。いまでもおぼえてくれているかな？」

ホームページ
http://shiiko222.web.fc2.com/

田中六大●絵

1980年東京都生まれ。

近著に『おとのさま、スキーにいく』（中川ひろたか・作）、『たべもののおはなし おむすび　うめちゃんとたらこちゃん』（もとしたいづみ・作）など。

「チョコレート大好きです！　ぼくが小学生のときはシールのおまけつきのチョコレート菓子が大流行していました。ところで、最近よく使っている絵の具で、チョコレート色の絵の具があって、チョコレートのにおいがする気がするのですが、たぶん気のせいだと思います。」

ホームページ
http://www.rokudait.com/

わくわくライブラリー
給食室《きゅうしょくしつ》の日曜日《にちようび》 **ゆれるバレンタインデー**

2017年5月29日　第1刷発行
2019年3月18日　第2刷発行

作　村上《むらかみ》しいこ
絵　田中六大《たなかろくだい》
装丁　脇田明日香

発行者　渡瀬昌彦
発行所　株式会社 講談社
〒112-8001 東京都文京区音羽2-12-21
電話　編集 03-5395-3535
　　　販売 03-5395-3625
　　　業務 03-5395-3615
印刷所　株式会社精興社
製本所　島田製本株式会社

 N.D.C.913 95p 22cm ISBN978-4-06-195784-8

『給食室の日曜日』のなかまたち

□ ほうちょう

□ フライパン

□ おたま

□ おまわりさん　□ おまわりさん